BIBLIOTHÈQUE

RELIGIEUSE, MORALE, LITTÉRAIRE,

PUBLIÉE AVEC APPROBATION

de Mgr l'Archevêque de Bordeaux.

LES ENFANTS

DU PRISONNIER

PAR

RENÉ DE MONT-LOUIS.

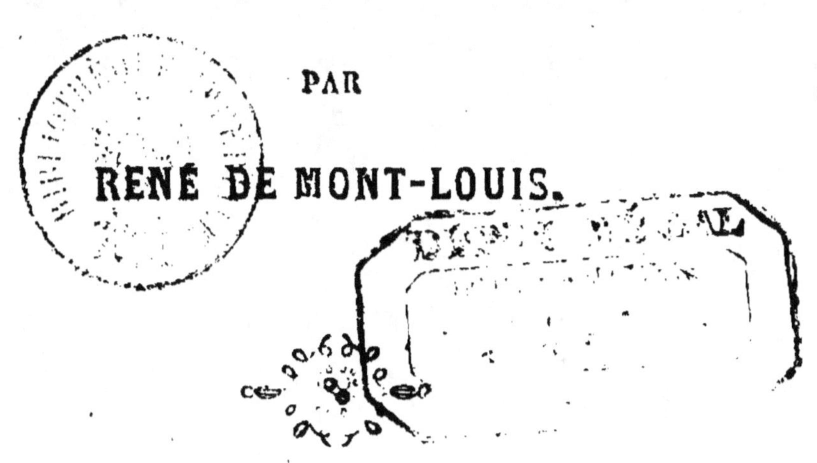

LIMOGES

Eugène ARDANT et C. THIBAUT

Imprimeurs-Libraires-Éditeurs.

LES ENFANTS

DU PRISONNIER.

◄─❊─►

Charles Ier, roi d'Angleterre, venait de mourir sur l'échafaud pour expier des crimes que lui prêtaient ses ennemis. Les seigneurs attachés à sa cause avaient fui leur patrie, cherchant dans les pays étrangers un refuge contre la mort ou les tortures d'une longue captivité.

Le duc d'Argyle, un des principaux seigneurs du royaume, un des conseillers intimes du roi, redoutait le sort funeste qui avait frappé le meilleur des princes, et songeait à passer en France, avec sa petite famille; seulement sa sûreté exigeait qu'il partît le premier, pour ne pas éveiller l'attention de ses ennemis. La veille de son départ, le duc fit venir son vieux serviteur William, auquel il confiait ses enfants. Prenant dans ses mains les deux mains tremblantes du vieillard :

— William, lui dit-il, je vais partir; la proscription frappe ma tête; déjà je devrais avoir abordé dans les ports de la France. Mais, hélas! l'amour paternel m'a retenu, et aujourd'hui il me faut entourer mon départ de plus de mystère encore. Je te laisse Henri et Elisabeth. C'est un dépôt sacré, mon vieil ami; veille sur eux comme sur tes enfants; et dans un mois ou deux, lorsque je t'aurai appris où je suis, tu viendras me rejoindre. Voilà cent guinées dans cette bourse; elles suffiront à tes besoins et à ceux de mes enfants jusqu'au jour du départ. Adieu, mon ami, que Dieu veille sur toi et sur le trésor que je confie à ta probité bien connue; le temps me presse. Oh! avant de partir, que je les embrasse encore une fois!

Il se dirigea alors dans une chambre obscure où les deux enfants étaient couchés ensemble. Le duc n'habitait plus son magnifique palais de Londres; il se cachait dans une modeste maison du quartier le plus pauvre de la grande cité. William portait un flambeau, et éclairait ce touchant tableau.

Henri et Elisabeth, âgés de quatre et cinq ans, dormaient entrelacés aux bras l'un de l'autre ; leurs visages roses souriaient : sans doute quelque rêve doré balançait leur sommeil.

— Pauvres petits ! s'écria le duc d'Argyle, que Dieu, sous la garde duquel je vous place, vous aime et vous protége ; qu'il vous envoie tous les bonheurs que vous devait votre père, et dont il vous prive par son départ. Oh ! mais bientôt nous nous rejoindrons.

En disant ces dernières paroles sa voix tremblait, des larmes coulaient le long de ses joues, un triste pressentiment l'agitait.

En ce moment minuit sonna à l'horloge d'une église voisine. Le duc donna un dernier baiser à ces deux chères créatures, et quitta la chambre non sans jeter encore un regard à ce petit lit qui contenait tout son bonheur, tous ses souvenirs d'une épouse chérie morte peu de temps auparavant. William jeta sur les épaules de son maître un long manteau brun, un chapeau sans plumes fut enfoncé sur ses yeux, et il quitta la maison, suivi de son fidèle serviteur. Mais, au détour d'une rue, au moment d'arriver au port où l'attendait une barque qui devait le transporter sur un vaisseau français prêt à mettre à la voile, le duc se retourna, et serrant William sur son cœur, il lui dit :

— Va, mon ami, retourne vers nos enfants, et que Dieu t'assiste !

— Et vous aussi, mon noble

maître! et fasse le ciel que nous soyons bientôt réunis.

La séparation fut cruelle. William avait été domestique du feu duc, et avait vu grandir celui-qui partait aujourd'hui. C'était presque son enfant aussi. Longtemps il resta à la place où son maître lui avait dit adieu, un éternel adieu peut-être; longtemps il écouta, respirant à peine, si quelque bruit ne l'avertissait pas d'un danger. Enfin il reprit le chemin de la maison, et il passa la nuit à contempler les deux enfants confiés à sa garde.

Le duc cependant était arrivé sur le port. Une barque l'attendait. Une planche lancée sur le rivage lui servit de pont pour arriver dans la chaloupe et abandonner le sol anglais. La nuit était sombre, les mariniers ramaient en silence vers une masse noire qu'on voyait au loin. Tout-à-coup la barque accosta le navire, et le duc s'élança sur le pont à l'aide d'une échelle de corde qui pendait à dessein. A peine avait-il mis le pied sur le tillac du vaisseau que deux soldats se précipitèrent sur lui et le lièrent solidement; un officier se présenta et l'arrêta au nom du Protecteur.

— Mais ici c'est la France! s'écria le duc d'Argyle.

— Ici c'est encore l'Angleterre, répliqua l'officier. Et de son épée qu'il tenait à la main il montra au noble seigneur le pavillon anglais qui flottait à la poupe du navire.

L'aube blanchissait à l'horizon;

le duc put contempler toute l'étendue de son malheur ; il était prisonnier sur un vaisseau anglais. Le lendemain il fut amené secrètement à la tour de Londres, et plongé dans un de ses plus sombres cachots.

Cependant les deux enfants en s'éveillant demandèrent leur père, et William leur avait promis que bientôt ils le reverraient. La journée se passa triste et silencieuse. William pensait à son maître, qu'il croyait déjà loin des côtes de l'Angleterre ; les enfants, habitués à ses caresses, sentaient qu'il leur manquait quelque chose, et ne savaient à quoi attribuer l'inquiétude qu'ils éprouvaient. Le soir, dans leurs petites prières, ils demandèrent à Dieu le retour de leur père, et William pleurait en entendant ces voix fraîches implorer l'Etre-Suprême; il unissait ses vœux à ceux de ses chers enfants. Ainsi se passèrent les premiers jours. L'attente avait remplacé l'inquiétude dans l'esprit du vieux serviteur; les enfants, avec l'insouciance de leur âge, avaient repris leurs jeux, confiants dans la promesse de leur ami qui devait bientôt les ramener vers leur père.

Deux mois s'écoulèrent, et ni lettres ni nouvelles n'étaient venues de France pour rassurer le vieux William. Chaque jour il allait sur le port interroger les matelots, et surtout ceux de France; mais aucun nouvel indice ne le satisfaisait complètement. Les enfants riaient, jouaient sur la dalle, tandis que William, les yeux pleins de larmes, regardait cette forêt de mâts s'élançant vers le ciel, puis il rentrait au logis plus triste, plus découragé que jamais. Depuis un an il attendait ; les cent guinées tiraient à leur fin. Cependant les enfants ne s'apercevaient de rien ; ils avaient toujours des habits dignes de leur condition, et le bon serviteur ne voulait pas qu'ils s'aperçussent que la fortune les avait abandonnés. La chambre qu'ils occupaient était bien pauvre, mais elle respirait un air de propreté qui semblait annoncer quelque grandeur déchue. Pendant les repas des enfants, qu'il ne voulait pas partager avec eux, il se tenait derrière leur chaise une serviette à la main, attentif à tout ce qu'ils pou-

vaient désirer. Il s'était étudié à
rendre son visage calme et heureux; mais c'est à grand'peine
qu'il retenait ses larmes lorsque
Henri lui demandait :

— William, quand donc rever-
rons-nous notre père?

Alors, quand les sanglots l'é-
touffaient, il se laissait aller à sa
douleur, et Elisabeth venait le ca-
resser et pleurait avec lui, tout
en lui disant :

— Ne pleure donc pas, William ;
tu sais bien que cela nous fait du
chagrin.

Le temps s'écoulait rapide, et
William n'espérait plus recevoir
des nouvelles de son maître; toutes ses recherches étaient restées
sans résultat. La bourse était épui-
sée, et la petite famille vivait des

épargnés du vieux serviteur. Il ayait placé dans des mains sûres cent livres sterling, ce qui fait à peu près deux mille cinq cents francs de notre monnaie. Il alla les retirer, et pendant deux ans les trois malheureux vécurent de cette modique ressource. Pendant ce temps-là, William avait cherché à se procurer du travail ; mais dans les manufactures de Londres on lui avait répondu : Vous êtes trop vieux, mon brave homme ; il nous faut des hommes plus forts, plus alertes que vous. Dans les bureaux d'écriture, chez les hommes de loi, il avait demandé des écritures à faire ; mais sa main tremblait, sa vue n'était pas sûre ; il fallut encore renoncer à cet espoir. Il se ressouvint de son jeune temps, lorsque, dans la ferme de son père, il s'esquivait le matin avec le jour pour aller à la chasse dans les grands bois du duc d'Argyle dont son père était le fermier. Pendant la nuit il tressait des filets avec lesquels il prenait si bien les lapins de la forêt ou les oiseaux des champs; puis, il allait tendre ses filets, et, caché derrière quelque buisson, il imitait le chant de l'alouette, et les attirait près de lui par cet appel trompeur. Heureux temps que celui-là. Hélas! il lui fallait porter ses regards en arrière, et se souvenir de cet état de braconnier qu'il exerçait avec tant de joie, pour faire servir à ses besoins d'aujourd'hui un des passe-temps de son enfance.

William résolut de faire des filets et tous les ustensiles nécessaires à la chasse ou à la pêche; et se rendant chez un marchand de ces divers objets, il en reçut une forte commande! Il revint tout joyeux' à la maison, où l'attendaient les deux enfants. Elisabeth commençait des petits ouvrages de couture, dont une bonne voisine lui donnait des leçons; Henri s'étudiait à copier une tête encadrée dans une bordure de bois noirci, et y réussissait assez bien. William contempla quelques instants ce charmant tableau de ces deux enfants courbés sur leur travail, et des larmes lui vinrent aux yeux en pensant que les fils du duc d'Argyle devraient un jour demander leur pain à leur industrie... ces enfants nés dans l'opulence, et que des revers immérités avaient frappés presque au sortir du berceau. Cette idée cruelle lui donna du courage, et il se mit au travail. Grâce à son activité, le bien-être revint un peu dans la maison, les privations furent moins dures. William revint un jour avec un joli pourpoint de drap et un haut-de-chausses de velours noir qu'il avait commandés en secret pour son jeune maître. Elisabeth avait un habillement complet. Aussi il fallait les voir, le dimanche suivant, lorsque, accompagnés de William, ils allaient à la messe à la paroisse du quartier, comme ils étaient jolis et avenants tous les deux ! Les commères du quartier, assises sur leurs portes, les voyaient passer avec envie, et cependant leur souriaient, tant leurs charmantes figures respiraient la bonté et la douceur. Après les offices, ils allaient passer le reste de la journée dans quelques-uns de ces beaux parcs qui avoisinent les palais de Londres, et là, à l'ombre de ces grands arbres séculaires, ils jouaient sans souci de l'avenir ; et William, lorsque la semaine avait été fructueuse, se mêlait à leurs jeux, et souvent même sa gaîté excitait celle des deux enfants.

Henri avait alors neuf ans, et sa sœur en comptait huit. Le gout du petit garçon pour le dessin s'était accru, et William, obéissant à ses moindres désirs, l'avait fait entrer dans une école où il fit de si rapides progrès qu'en moins d'un an le professeur le jugea capable d'entrer dans son atelier, et de devenir son favori.

De son côté, Elisabeth était devenue si habile dans la broderie, que la voisine la faisait travailler à ses propres ouvrages, certaine qu'elle était de les voir bien payés ; puis, lorsque le salaire avait été doublé, elle revenait avec quelques-uns de ces petits cadeaux qui n'ont de prix que par le plaisir qu'ils font à celui à qui ils sont offerts.

Tantôt c'était une petite croix d'argent qu'Elisabeth suspendait à son cou ; tantôt quelque ustensile nécessaire à la couture ou à la broderie. Ces petits présents enflammaient l'ardeur de la jeune enfant, et ses progrès étaient rapides.

Pendant que les deux enfants et

leur vieux serviteur menaient ainsi une existence heureuse et calme, lord d'Argyle, enseveli dans une prison obscure, sans ami qui s'intéressât à lui, sans communication possible avec ses enfants qui devaient le croire mort appelait en vain Dieu à son secours. Près de cinq ans s'étaient écoulés et il n'avait entendu que la voix de son geôlier qui chaque jour lui disait de sa voix dure : « Voilà de la nourriture pour deux jours; je reviendrai après-demain.» Puis il s'éloignait malgré les supplications du duc qui voulait chercher à savoir ce qu'étaient devenus ses enfants. Du reste, le parlement semblait l'avoir oublié. Son procès avait été dressé, mais on en était resté là, soit qu'il eût trouvé parmi ses juges des amis qui avaient détourné l'attention, soit que des intérêts plus graves l'eussent fait oublier au fond de son cachot. Mais le duc avait une de ces âmes de bronze que le malheur ne saurait accabler, et l'espoir renaissait toujours dans son cœur; un pressentiment secret lui disait que bientôt ces lourdes chaînes qui entouraient son corps tomberaient, et qu'il reverrait ce ciel qu'il n'avait pas vu depuis longtemps. Une voix, celle de son bon ange peut-être, murmurait à son oreille le nom si doux de ses deux enfants, et alors il s'endormait calme, heureux, bercé par cette douce illusion.

Pendant ce temps, un malheur effroyable était près de fondre sur ses chers enfants. William ne pouvait presque plus travailler; ses yeux usés par la fatigue, à un âge surtout où l'on a besoin de repos (William avait plus de soixante et dix ans), ne purent supporter ce travail continuel, minutieux.

En effet, ces petits filets à mailles fines pour recevoir le gibier, ces nasses pour arrêter le poisson, exigeaient de grands soins et demandaient des yeux exercés; la vue de William devenait plus faible chaque jour. Cependant il n'en voulait pas convenir avec Elisabeth; mais lorsque, le soir venu, il avait gagné sa petite chambre à côté de celle des enfants, c'est alors que, face à face avec ses réflexions, il versait d'abondantes larmes; puis il se jetait à genoux et priait. Mon Dieu, disait-il, que deviendront mes enfants sans moi! qui donc leur donnera le nécessaire? Ces tourments augmentaient son mal, sans remédier à cette terrible situation.

Mais un ange veillait sur eux. Elisabeth avait obtenu du travail grâce à ses supplications; la brodeuse sa voisine, touchée de ses prières, avait consenti à lui donner des broderies à faire et à les lui payer. Alors, quand Henri était endormi, lorsque William était renfermé dans sa chambre, la pauvre enfant se levait à petit bruit, allumait la lampe, et, assise auprès de sa table à ouvrage, elle travaillait avec ardeur, et souvent l'aube naissante la trouvait encore brodant, les yeux rougis par la fa-

tigue, la figure pâle et abattue.
Elisabeth était d'une complexion
délicate ; de plus, elle n'avait que
onze ans.

Une nuit, elle brodait de riches
manchettes pour un seigneur.
Henri s'éveilla, et apercevant de la
lumière dans la pièce voisine, il se
leva, passa à la hâte un vêtement,
et s'approcha de la porte d'où la
lumière lui avait apparu.

Alors il vit sa pauvre petite
sœur, la tête penchée sur sa poitrine, et luttant en vain contre le
sommeil. Henri se précipita dans
la chambre, et se jeta aux genoux
d'Elisabeth.

— Pauvre chère sœur, tu veux
donc mourir, lui dit-il, travaillant
ainsi nuit et jour ! et je ne m'en
suis point encore aperçu ! Oh !

William avait bien raison de le dire : Il y a quelque chose là-dessous. Rien ne manque à la maison, et je n'ai pas su deviner d'où venait la source de ce bien-être. Oh! que Dieu me pardonne, je suis bien coupable! Allons, ma sœur chérie, va te reposer; ce n'est pas à toi à nourrir ainsi toute une famille par ton travail; c'est à ton frère. Bientôt je serai un homme; il faut au moins que j'en aie le cœur et l'énergie. Tu ne travailleras plus, c'est à moi de vous nourrir tous, et de vous donner autant de bonheur que vous avez supporté pour moi de souffrance et de chagrins.

Le lendemain Henri se rendait chez son maître de peinture et lui exposait sa position. Le professeur,

qui s'intéressait à cette petite famille, lui conseilla vivément de
quitter la peinture et de reprendre
le crayon.

— Vous pourrez, lui dit-il, faire
de petits dessins qui vous seront
chèrement payés par les amateurs.
Vous dessinez purement, vous
pourrez donner des leçons.

— Mais à mon âge, dit l'enfant,
je ne puis inspirer aucune con-
fiance, et le prix qu'on m'offrira
de mes dessins ne suffira pas pour
nourrir ma sœur et mon vieux
William.

— Eh bien! moi, je me charge
de les vendre. Travaillez, et soyez
sûr que bientôt votre industrie
vous aura acquis l'aisance et le
bonheur.

Henri revint et se mit aussitôt

à l'ouvrage. Son premier dessin fut ce touchant tableau qu'il avait vu la veille, lorsque Elisabeth, succombant à la fatigue, avait laissé tomber ses bras appesantis et s'était endormie. Il retraça l'intérieur de la modeste chambre, tout, jusqu'à ses premières esquisses pendues au mur enfumé. Le lendemain il portait ce dessin à son maître, et bientôt il recevait deux guinées pour le prix. Ce premier succès l'encouragea, et ses dessins furent recherchés dans Londres. Un célèbre graveur vint lui demander une série de figures pour un grand ouvrage, et Henri s'acquitta de cette tâche avec un talent remarquable.

William bénissait le ciel de ce bonheur inespéré, et ne pouvait croire que deux enfants dans un âge si tendre fussent capables de tant de courage et d'activité.

Un jour, Henri se promenait dans le parc de Windsor, cherchant quelque sujet pour son crayon. Un homme au front soucieux, à l'œil sévère, à la barbe grisonnante, passa près de lui. Il était vêtu d'un pourpoint de buffle ; une épée à large coquille pendait à son côté, soutenue par un large baudrier de cuir ; des bottes cachaient ses jambes et ses genoux ; un manteau brun descendait à longs plis de ses épaules, et lui donnait un grand air de dignité, malgré sa petite taille. Il s'arrêta, regardant sans voir, enseveli dans quelque profonde réflexion. Henri put contempler

cette figure soucieuse, ce large
front pâli par les veilles, ces yeux
brillant d'un sombre feu. Le vieillard jeta sur lui un long regard,
et continua sa promenade silencieuse sans lui adresser la parole. C'était l'illustre Cromwell, le
Protecteur de l'Angleterre, cet habile et profond politique, ce vail-
lant défenseur des libertés an-
glaises.

Henri ne le connaissait pas,
et ne trouva personne qui pût lui
enseigner qui il était. Quelques
pas plus loin, deux gardes sui-
vaient le vieillard; et lorsque
Henri voulut savoir d'eux le nom
de ce sombre et mystérieux per-
sonnage, l'un d'eux lui dit d'une
voix dure :

— Passez votre chemin !

Cette apostrophe le punit de sa curiosité.

Rentré à la maison, Henri ne put chasser de sa pensée le souvenir de cet homme ; sans cesse cette tête revenait sous sa main. Il céda à cette instinctive volonté, et bientôt il eut créé le plus beau portrait qu'on ait fait de Cromwel. Le professeur de Henri vint le voir deux jours après, et s'écria en apercevant ce beau dessin :

— Henri, où donc avez-vous copié cela ? et d'où vient que vous avez ici le portrait du Protecteur ?

— Quoi ? c'est Cromwell ! reprit Henri, cet homme du parc de Windsor ?

— Ah ! mon ami, ce portrait peut faire votre fortune. Je l'emporte, et vous en aurez de bonnes nouvelles.

Henri raconta alors comment il avait subi l'empire inexplicable de sa volonté en faisant ce portrait de souvenir.

Un marchand offrit deux cents guinées du portrait, et Cromwell, à qui il fut présenté, voulut voir l'enfant merveilleux auteur de ce chef-d'œuvre.

Henri fut mandé au palais par un des huissiers de Cromwell. William tremblait, en rêvant des dangers imaginaires ; Elisabeth au contraire augurait bien de cette présentation.

Cromwell reçut Henri avec une affabilité qui ne lui était pas ordinaire, et reconnut en lui le matinal promeneur du parc.

3

— Quel est votre nom, fant? dit le Protecteur.

— Je me nomme Henri d'Argyle.

— D'Argyle! reprit à demi-voix Cromwell. Seriez-vous parent du duc d'Argyle, le conseiller, le confident du feu roi?

— Je suis son fils, Monseigneur, reprit Henri, à qui ce souvenir arrachait des larmes.

— Et votre père, qu'est-il devenu?

— Hélas! Monseigneur, depuis près de neuf ans nous n'avons reçu de lui aucune nouvelle. Il devait fuir en France et nous appeler près de lui; mais il est parti, et William n'a jamais plus entendu parler de lui.

William! dit Cromwell; quel est cet homme?

— C'est un vieux serviteur de notre famille qui nous a élevés ma sœur et moi.

— Pauvres enfants! murmura le Protecteur. Allez, mon ami; courage et espérance en Dieu.

— Et mon père, Monseigneur, savez-vous ce qu'il est devenu? reprit hardiment le jeune d'Argyle.

— Non, mon enfant; mais bientôt vous connaîtrez son sort; j'aurai soin de m'en informer et de vous en instruire.

Et tendant à Henri un parchemin, il le congédia d'un salut affectueux.

De retour au logis, Henri ouvrit le parchemin : c'était une pension annuelle de cinq cents livres sterling, c'est-à-dire de douze mille francs.

Le vieux Protecteur de l'Angleterre tint sa parole. Il s'informa du duc d'Argyle, et il apprit qu'un prisonnier oublié depuis près de dix ans dans les cachots de la Tour de Londres avait porté ce nom. Le soir, le duc, qui depuis dix ans n'avait pu corrompre les geôliers pour savoir des nouvelles de ses enfants ou leur faire tenir des siennes, fut mis en liberté.

Lorsque le pauvre prisonnier revit le ciel, respira l'air pur et frais du soir, il tomba à genoux dans une muette extase ; ses lèvres murmuraient une prière d'actions de grâces au Créateur.

Puis il s'élança dans la populeuse cité, cherchant dans ses sou-

venirs le chemin qui le conduirait
à la maison qu'habitaient ses enfants au moment de son départ. Il
arriva. Des voix fraîches et joyeu-
ses chantaient au faîte de la maison. Il monta, et son cœur battait
bien fort, car il avait peur que co
fût une illusion.

Il frappa; les voix se turent;
puis William se prit à dire : Qui
peut frapper à cette heure ? Henri,
voyez donc.

Le duc d'Argyle reconnut la
voix de son fidèle serviteur, lo
nom de son fils bien-aimé.

Henri ouvrit. Que désirez-vous,
Monsieur ? dit-il à cette pâle figure
vêtue de haillons.

Mais l'émotion du duc était telle
qu'il ne pouvait prononcer une

parole. Enfin la voix lui revint, et il s'écria :

— Henri, mon enfant, ne me reconnais-tu pas?

A cette voix le vieux William se leva, et s'élançant vers la porte, il s'écria :

— Oh! n'est-ce point une illusion? Est-ce la voix de mon maître? Je vous en conjure, parlez, parlez encore!

— Oui, William, c'est moi, reprit le duc : mon fils m'a reconnu.

Henri s'était jeté dans les bras de son père. Elisabeth à son tour le couvrit de ses baisers et de ses larmes, tandis que William serrait sur sa poitrine la main de son maître. Ce fut un touchant tableau.

La nuit se passa en récits et en

caresses; et le lendemain un arrêt du parlement rendait au duc d'Argyle ses titres, ses biens et ses propriétés.

Cromwell avait tenu parole.

Bientôt ils purent rentrer dans le palais de leur père. Là, sous ces lambris dorés, Henri et Elisabeth se regardaient en silence et n'osaient croire à leur bonheur. Ce passage si subit de la misère à la plus splendide opulence les éblouissait.

William leur devint plus cher encore. Il se rappelait, le vieux serviteur, les moindres détails de ce majestueux et immense palais, et se faisant conduire par Henri, il lui disait :

— Ici, mon maître, c'était la salle des gardes. Voyez, là, sur le manteau de la cheminée, sont sculptés dans la pierre l'écusson et les armes du noble duc votre père.

— Non, William, répondait le jeune homme, non; le blason est effacé, la hache des révolutionnaires a anéanti cet écusson.

Et tous deux ils se serraient la main; sans mot dire ils se comprenaient.

— Plus loin, mon enfant, c'était une immense galerie, toute garnie des tableaux des plus grands maîtres et des sculptures les plus rares. Des faisceaux d'armes, des panoplies d'armures, de cuirasses, de sabres, de cimeterres conquis au temps des croisades sur les Musulmans, ornaient cette superbe salle.

— Tout cela existe encore, William ; je vois tous ces magnifiques objets que vous venez de décrire. Tout a été respecté ici, William, par la fureur populaire, lors du pillage du château.

— Dites plutôt, mon jeune maître, que cette salle a été oubliée ou inaperçue ; car ces armes, ces prodiges des arts, auraient excité la convoitise.

— Tenez, mon maître, là, à droite, presque au milieu de la galerie, voyez-vous un portrait en pied? C'est un beau cavalier à la figure grave, au noble maintien ; il vous regarde, et ses yeux semblent vous sourire ; un chapeau de feutre orne son front couvert de longs cheveux, n'est-il pas vrai?

— Oui, William, c'est bien cela, et votre mémoire est fidèle. Quel est ce cavalier?

— C'est l'infortuné Charles Stuart, celui qui est mort sur l'échafaud, celui pour lequel votre père a pendant si longtemps gémi dans une sombre prison. C'est un portrait du roi-martyr, peint par le grand peintre Van Dick, qui fut donné à votre père par le roi lui-même.

Ces souvenirs du passé ravissaient Henri et sa sœur.

Mais une scène plus touchante encore devait leur rappeler de bien cruels souvenirs.

Le duc d'Argyle, avant de quitter pour jamais le palais de ses pères, avant de fuir sur la terre française, avait caché dans un asile

impénétrable aux regards humains
les plus chers souvenirs de ses
jeunes années, le portrait de la
mère de ses deux enfants, quelques
mèches de ses cheveux qu'il avait
coupées lui-même sur le cadavre
de son épouse, et les objets à son
usage particulier qu'elle affection-
nait le plus.

Un matin, c'était quelques jours
après leur rentrée au palais, le
duc d'Argyle vint chercher ses
enfants, et les prenant tous les
deux par la main il les conduisit
en silence vers la cachette mysté-
rieuse.

C'était presque un saint pèleri-
nage. Arrivés dans un vaste cabi-
net tendu de velours, il chercha
pendant quelques instants à s'o-
rienter ; sa mémoire était rebelle :

enfin il s'élança comme poussé par une puissance invisible, et soulevant la tapisserie, il fit jouer un ressort caché dans la muraille. Tout-à-coup une pierre tourna sur elle-même et livra passage au regard. Elisabeth et Henri attendaient en silence, appuyés l'un sur l'autre, et formaient un charmant tableau.

Le duc d'Argyle s'était élancé vers l'ouverture pratiquée par le retrait de la pierre, et y plongeant une main convulsive, il en avait retiré un coffre d'ébène scellé d'un cachet de cire noire.

Il le porta à ses lèvres pâlies, et s'approchant de ses enfants, il s'écria :

— A genoux, Henri ! à genoux, ma fille, ce sont de précieuses re-

liques que celles renfermées dans
ce coffret. Là sont les adieux de
votre mère, alors que, mourante,
elle demandait à vous couvrir de
ses baisers; là sont ses cheveux
que je pris sur son front lorsque
la froide mort l'eut glacé de son
toucher; là se trouve son visage
si doux, si charmant, qu'il semble
vous sourire. Venez! venez!

Et le duc entraîna ses enfants.
Et lorsqu'ils furent dans cette
chambre où était morte leur mère,
le duc rompit le cachet et ouvrit
la boîte. Elle était pleine de bijoux
et de ces riens que les femmes ai-
ment tant. Le portrait fut tiré du
fond, et le père, les enfants, le
couvrirent de leurs baisers, de leurs
larmes. Ils ne se lassaient pas d'ad-
mirer ces traits si touchants, cette

grâce naïve qui faisait le charme de ce souvenir.

— Mon père, dit Henri, ne trouvez-vous pas qu'Elisabeth ressemble à notre mère?

Le père jeta sur sa fille un doux regard, et la pressant sur son cœur, il s'écria :

— Oui, c'est bien tout le portrait de sa mère; c'est bien ce charmant sourire, ce sont bien ces yeux si bons. Oui, c'est bien aussi le cœur de ma femme si chère ; c'est sa bonté, sa douceur. Pauvre enfant, tu me rappelles les années les plus fortunées et les plus douces de ma vie ; merci ! merci! Et il l'embrassa une fois encore.

Depuis ce jour, la joie revint dans cette noble famille, tout semblait concourir à leur bonheur.

William retrouvait dans ees enfants les mêmes soins, la même
affection que lorsqu'ils habitaient
leur modeste asile; le pauvre
vieillard était heureux, ses prières
étaient exaucées, il avait revu son
maître ou plutôt il avait entendu
sa voix si chère lui dire :

— Merci, William, merci, tu as
noblement rempli ta tâche; Dieu
te récompensera là-haut, car ton
maître ne peut te récompenser
ici-bas.

Quelques années plus tard, la
jeune Elisabeth épousa un des
principaux seigneurs de l'Angleterre, et portait un des plus beaux
noms de ce pays.

Henri devint le chef de cette
grande famille des Argyle; car le
duc, qui pendant dix ans, avait

gémi dans les fers, mourut quelques années après sa réhabilitation. Il fut le favori du Protecteur et le seigneur le plus puissant du royaume. C'est à lui que s'adressaient tous les malheureux, tous les proscrits ; c'est lui qui dispensait toutes grâces. Aussi son nom fut-il béni de tous.

C'est une douce récompense que les bénédictions de tout un peuple.

LE CONCERT IMPROVISÉ.

Il y a quelques années, je connaissais à Paris un compositeur fort distingué auquel je donnerai le nom de Savigny. Comme la car-

rière de la gloire n'est pas toujours
celle de la fortune, surtout pour
ceux des musiciens qui songent
plutôt à composer de la musique
qu'à exécuter celle des autres, Savigny n'était pas riche ; il avait
le titre de maître de chapelle d'un
prince d'Allemagne ; plusieurs de
ses ouvrages étaient représentés ou
exécutés dans des concerts ; mais
comme il était sans ambition et
sans intrigue, tout cela ne lui com-
posait qu'une existence fort bor-
née. De plus, il s'était marié à
une jeune femme sans fortune qui
l'avait laissé veuf avec deux enfants, après avoir épuisé les res-
sources et même engagé l'avenir
de la famille par les dépenses
qu'avait occasionnées une très
longue et très douloureuse mala-

die. En un mot, M. Savigny, obligé par sa situation de conserver les apparences de la fortune, parvenait tout juste à la fin de l'année à niveler ses recettes et ses dépenses.

Un jour, avec ses deux enfants, Charles et Hélène, il allait en cabriolet de louage faire une visite aux Thernes, village près de Paris.

Il suivait l'avenue de Neuilly, alors encombrée de promeneurs à pied, à cheval ou en voiture. M. Savigny fit remarquer à ses enfants trois musiciens ambulants s'apprêtant à donner un échantillon de leur talent à un petit auditoire qui commençait déjà à former le cercle autour d'eux.

— Ce sont des confrères, disait-il ; je ne les crois pas bien forts sur l'exécution ; mais enfin, comme nous, ils s'occupent de la musique, et vous savez bien qu'il en faut pour toutes les oreilles. D'ailleurs je dois dire que parmi ces musiciens des rues on trouve parfois des talents enfouis ; écoutons ceux-là, il y a peut-être parmi eux un Paganini.

Hélène, qui était une jenne demoiselle de quinze ans, et Charles, qui n'avait qu'un an de moins que sa sœur, tous deux déjà fort habiles musiciens, accueillirent en riant cette idée. M. Savigny, riant lui-même, fit arrêter le cabriolet ; il eut bientôt regret de sa curiosité : les deux violons dont jouaient le père et la mère, la harpe dont pinçait leur petit garçon, faisaient un charivari qui mit en fuite le petit nombre d'assistants. M. Savigny, désappointé, se préparait aussi à faire retraite.

— Vraiment, dit-il à ses enfants, je ne les supposais pas si mauvais ; cette femme tenait son violon avec une fermeté qui promettait quelque chose de mieux ; le père a une barbe blanche comme celle d'Ossian ! Allons, je vois bien qu'il n'en a que la barbe.

En parlant ainsi, il commençait à faire avancer son cheval ; il se trouvait devant les musiciens, quand un équipage conduit à l'anglaise par un jeune fou, et lancé au grand trot de deux chevaux vigoureux, vint heurter le cabriolet et le renversa. M. Savigny et ses enfants furent seulement froissés ;

mais la musicienne ambulante reçut un coup de 'pied du cheval,
elle eut la jambe cassée ; le jeune
homme auteur de cet accident se
sauva à toutes brides, quelques ef-
forts que l'on fît pour arrêter ses
chevaux.

La pauvre femme poussait des
cris de douleur ; son mari et son
fils gémissaient et disaient qu'ils
étaient ruinés pour toujours.
M. Savigny, qui s'était bien vite
dégagé, perça la foule assemblée
autour de la femme blessée, prit
tout de suite les dispositions nécessaires pour la faire transporter
à l'hospice le plus voisin, et vint
rejoindre ses enfants; il songeait
avec peine que son état de fortune
ne lui permettait pas de réparer le
mal qu'un homme, riche sans

doute, venait de causer à des malheureux.

Il retrouva au milieu de la foule le petit garçon avec la harpe et les deux violons; quelques personnes cherchaient à le consóler, d'autres lui donnaient de l'argent, quelques-unes des conseils, d'autres enfin proposaient d'ouvrir une souscription.

Tout-à-coup une idée singulière s'empara de M. de Savigny; son cabriolet de louage était relevé, et Charles, assisté de quelques officieux, le visitait et réparait le désordre des harnais.

— Viens, mon ami, lui dit son père, viens avec ta sœur; voyons si, à nous trois, nous ne pourrons pas faire quelque chose pour nos compagnons d'infortune; prends le meilleur des deux violons, moi je vais prendre la harpe. Allons, un concert au profit de la femme blessée.

Aussitôt les deux instruments furent d'accord, ce qui ne leur était pas arrivé depuis longtemps, et une harmonie comme on n'en entend point dans les rues attira en quelques instants un immense concours. M. Savigny fut reconnu; son nom et le motif de son action extraordinaire circulèrent dans les groupes. Un de ses amis qui se trouva là par hasard prit Hélène par la main et commença avec elle une quête *pour la pauvre musicienne blessée*. La recette fut très abondante. Bientôt Hélène, appelée par son père, prit à son tour la harpe, et, s'accompagnant

avec une rare habileté, fit enten-
dre les accents d'une voix pure et
sonore.

On n'eut pas besoin de conti-
nuer la quête ; chacun s'empressa
d'augmenter et de doubler son of-
frande, car tout le monde était
enchanté de voir de si beaux talents consacrés à une si bonne
action. La recette s'éleva à plus de
douze cents francs. M. Savigny la
remit au père, qui était venu
chercher le jeune garçon et ses
instruments ; et comme le pauvre
homme se confondait en remercî-
ments :

— Allons, allons, lui dit le
compositeur, ne parlons plus de
cela ; entre confrères, il se faut
entr'aider ; seulement il est bien

entendu que c'est à charge de re-
vanche.

LA MENDIANTE.

Une dame hérita d'un de ses
parents, qui laissait une grande
fortune. Ce parent était le seigneur
d'un village, où il possédait un
beau château. Avant de mourir, il
recommanda à la dame de faire
sur ses biens une pension de cent
écus à la famille la plus charitable
du village.

Au bout de quelque temps, la
dame fit annoncer qu'elle allait
venir prendre possession du château ; et deux jours avant celui

qu'elle avait fixé, l'on vit dans le village une pauvresse étrangère qui allait, de porte en porte, demander l'aumône. Dans la plupart des maisons, on lui répondait durement que le pain était cher, et qu'il n'y en avait pas de trop. Dans d'autres, tout en la rudoyant, on lui donnait quelque liard ou quelque morceau de pain moisi, quelque pomme à moitié gâtée. Enfin, elle arriva près d'une cabane habitée par un paysan, sa femme et leur petit enfant. Comme la pauvresse grelottait de froid, et qu'elle avait la figure et les mains toutes violettes, tant elle souffrait de la rigueur de la saison, le paysan, sitôt qu'il la vit à sa porte, lui dit d'entrer et de se chauffer à son feu. Puis il lui versa un verre de vin, sa femme lui coupa un morceau du peu de pain qu'elle avait chez elle, et le lui donna, avec une tranche de jambon. Le petit enfant aussi se montra charitable et lui offrit la moitié d'un morceau de galette que sa mère venait de lui donner. La pauvresse s'en alla en les bénissant.

Le surlendemain, l'on apprit que la dame du château venait d'arriver, et les habitants du village furent invités par elle à dîner. On les introduisit tous dans une salle à manger où il y avait une grande et une petite table. Celle-ci était couverte des mets les plus exquis, sur la grande il y avait beaucoup d'assiettes couvertes.

La dame fit placer à cette table

tous les gens du village, à l'excep-
tion de la famille qui avait secouru
la mendiante, puis elle lui dit :

— Mon parent, qui m'a laissé
ce château, m'a ordonné de faire
une rente de cent écus au plus
charitable d'entre vous. Pour pou-
voir remplir ses volontés, j'ai
voulu vous éprouver. C'est moi
qui avant-hier ai parcouru le village sous l'habit d'une pauvresse.
Chacun de vous peut se rendre
justice, et se dire s'il m'a bien ac-
cueillie. Je n'ai trouvé de chari-
tables que ce pauvre homme, sa
femme et son fils ; aussi auront-
ils la rente de cent écus tant que
l'un d'eux vivra. Je leur dois
aussi un dîner ; qu'ils se mettent
avec moi à cette petite table, je
vais le leur rendre le mieux qu'il

me sera possible. Quant à vous
autres, vous trouverez sur vos assiettes la juste récompense de ce
que vous m'avez donné ; vous pou-
vez lever les couvercles.

Les paysans n'étaient pas fort
satisfaits de ce discours, ils le furent encore moins de ce qu'ils
trouvèrent devant eux ; ceux qui
n'avaient rien donné virent leurs
assiettes absolument vides ; les
autres trouvèrent l'objet même
qu'ils avaient remis à la pauvresse ;
l'un une croûte de pain, l'autre une
pomme pourrie, l'autre un mauvais liard. Enfin un méchant petit
garçon, qui avait jeté à la pauvresse l'os qu'il rongeait, trouva
cet os qu'elle avait ramassé. La
dame, après s'être amusée de leur

surprise, ajouta : — N'oubliez
pas que vous serez ainsi récom-
pensés dans l'autre monde.

FIN.

TABLE.

FIN DE LA TABLE.

LIMOGES ET ISLE,

Typ. Eugène Ardant et C. Thibaut.

www.ingramcontent.com/pod-product-compliance
Lightning Source LLC
LaVergne TN
LVHW021759170726
843503LV00007B/2928